SERGIO BAMBARÉN

I SOGNI DEI BAMBINI

Traduzione di Chiara Brovelli

Sperling & Kupfer

Never Too Late

ISBN 978-88-200-5127-3
86-I-11

Tu non te ne sei mai andato,
sono io che per un po' mi sono nascosto.
Prima o poi
mi troverai. Sempre.
La voce del mio cuore,
gli anni vissuti,
le imprese e gli errori compiuti durante il viaggio...
D'ora in avanti,
non potrò più nascondermi!

Prologo

A VOLTE i sogni si dimenticano, o addirittura si perdono nella quotidianità. Ma non muoiono mai. Forse è per questo che, con il passare degli anni, si riaffacciano alla mente quelli che abbiamo coltivato da giovani. Presto o tardi, tornano a farsi vivi. Quando ci rendiamo conto che in gran parte non li abbiamo realizzati – anzi, che non ci abbiamo nemmeno provato – sentiamo una fitta al cuore, improvvisa, inattesa. Perché essi sono rimasti esattamente ciò che erano allora: sogni.

Nel corso della vita, però, ho imparato che ogni tanto ci viene offerta l'occasione di rimediare: l'occasione che credevamo perduta, l'opportunità unica di trasformare in realtà quei desideri smarriti lungo il cammino.

* * *

Siamo abituati a portare una maschera, per il timore di mostrare agli altri, o a noi stessi, il nostro vero io. A volte la indossiamo da così tanto tempo che finiamo per identificarci con essa, dimenticando chi siamo. Ma basta un po' di coraggio per disfarsene, e per sfidare il mondo con il nostro volto autentico, quello con cui siamo nati. *Da sempre, nei miei viaggi, attraverso affollate solitudini*: forse è per questo che sono riuscito a cogliere e fare mia una lezione tanto semplice, eppure universale.

Di recente, poi, ho cercato di mettere in pratica un altro insegnamento, sospendendo il giudizio nell'osservare il mondo: la strada che ogni essere umano sceglie di percorrere; la natura in continuo mutamento; la nostra società che si evolve rapidamente grazie alla tecnologia; i cambiamenti climatici di cui siamo testimoni; la silenziosa trasformazione spirituale che avviene intorno a noi, e di cui vediamo traccia nella generazione che un giorno prenderà il nostro posto.

Quando avevo trent'anni, alcuni amici più vecchi mi raccontavano di essere caduti nella cosiddetta crisi di mezza età, e della depressione che a poco a poco si insinua nella nostra esistenza con il trascorrere del tempo. Quando poi ho superato la boa dei quaranta, mi è capitato ancora più spesso di sentir parlare del fatidico momento in cui si comincia a guardarsi indietro per vedere se ciò che si è seminato con tanta fatica ha dato buoni frutti.

Ho visto altri affondare nella depressione allorché si sono resi conto che la vita è un alito di vento che acquista vigore con l'avanzare dell'età e che, come quella brezza, a un certo punto anche gli anni sembrano volare via sempre più veloci. Ho visto occhi svuotati di ogni speranza. Persone convinte di essere destinate a passare il resto dei propri giorni da sole dopo la fine di un matrimonio, quando il tempo comincia lentamente a consumare la bellezza di un corpo giovane. Ho conosciuto esseri umani così poveri da non possedere nulla, oltre il denaro.

E adesso, finalmente, ho varcato anch'io la soglia dei cinquanta! In molti, alla mia età, credono di essere giunti nell'autunno della vita. In fondo, per la prima volta la parola «mortalità» assume una connotazione reale: arrivano i primi acciacchi, la memoria comincia a giocare brutti scherzi, qualche vecchio amico se ne va e altri sono colpiti da malattie che solo fino a poco tempo prima sembravano lontanissime.

Per quanto mi riguarda, però, sono ancora in attesa della fatidica crisi di mezza età!

Seduto sulla veranda del mio piccolo appartamento, da cui godo di una meravigliosa vista sul mare, mio fratello, cerco di trovare le parole per esprimere ciò che la mia mente e la mia anima sentono in questo momento. Chiudo gli occhi e mi domando perché non provo le sensazioni che in tanti mi hanno descritto. In tutta onestà, e lo dico umilmente, non sento per nulla questa famigerata crisi. Anzi, non la vedo nemmeno all'orizzonte!

D'un tratto, quando meno me l'aspetto, un'esplosione di pensieri mi inonda l'anima. Afferrarli tutti è difficile, perciò provo a metterli nero su bianco più in fretta che posso: *Forse non mi sento come dovrei perché ho imparato che il bruco, proprio quando pensa di essere giunto alla fine, si trasforma in farfalla. Perché mi sono reso conto che la felicità consiste nell'essere grato di quello che ho, e non nel desiderare ciò che mi manca. Perché tutto quello che so non me l'ha insegnato la ragione, bensì il cuore e l'anima, i quali a loro volta l'hanno appreso da quel libro aperto che è l'esistenza. Perché ho imparato a considerare la vita un grande orologio senza numeri, e ho capito che tutto è transitorio: ma se i momenti di autentica felicità possono durare solo un attimo, i ricordi rimarranno per sempre. Perché mi sono reso conto che, per essere veramente libero, devo pensare alla vita – questo dono meraviglioso – come alla piccola parte di un viaggio senza fine. Perché ho imparato a vivere basandomi sui principi, e non sulle tradizioni: nascere e morire sono solo le due estremità dello stesso filo. Perché ho compreso che non com-*

mettere errori significa non provare mai a fare nulla: a volte, sbagliare è giusto. Perché...

Devo fermarmi. Ci sono ancora così tanti pensieri che sgorgano dal mio cuore, da ogni particella del mio corpo, dalle cicatrici che porto sulla pelle o nel profondo dell'anima, testimonianze tangibili di tutte le cose che ho realizzato in questo mezzo secolo di gioie e dolori. È una sensazione senza pari: mi accorgo che la vita non consiste nel fare progetti per il futuro, bensì nel vivere i miei sogni *oggi*, come facevo ieri e il giorno prima ancora. Sono fortunato, perché ho sperimentato la vera infelicità, arrivando addirittura a toccare il fondo; perché ho visto con i miei occhi i tramonti più belli che si possano immaginare; perché la mattina mi sveglio ancora presto per cavalcare le onde con la tavola da surf, e trascorro sempre più tempo a giocare con i miei fratelli delfini. Sono queste le cose che mantengono giovane il mio cuore.

Ma soprattutto sono fortunato perché, a cinquant'anni, posso giocare con mio figlio Daniel, che ne ha tre. Posso ridere e sorridere con lui, *sentire e vedere il mondo come lo sente e lo vede lui: con un cuore ancora puro, con innocenza. Ogni giorno scopro qualcosa di meraviglioso, attraverso i suoi occhi e i miei. A volte resto stupito dal modo in cui si ferma a fissare l'oceano per ore, come facevo io alla sua età...*

* * *

Devo riposare un momento. Ora più che mai mi sento vivo grazie ai miei ricordi, perché so che il mondo non è riuscito a cambiarmi e, soprattutto, perché non ho mai rinunciato ai miei sogni. Non si tratta di utopia o di immaginazione sfrenata; basta essere ottimista e accettare il fatto che il viaggio non è finito: al contrario, è giunto a un nuovo e straordinario capitolo. Dobbiamo continuare a godere di ciò che ci riserva il destino, solo da una prospettiva diversa.

Credo la vita sia un sogno che va vissuto a occhi aperti, assaporando un giorno alla volta. Per tante persone, purtroppo, mostrarsi gentili per piacere agli altri è più importante che essere fedeli a se stesse. Sono entrambi atteggiamenti degni di merito, che tuttavia non vanno mai confusi. C'è un prezzo da pagare, lo so. Ma so anche che il mio modo di pensare è lo stesso di sedici anni fa: ricordo ancora il giorno in cui mi sedetti di fronte all'oceano e con un sorriso sincero pensai: *Non ho altri desideri... tutto quello che verrà, d'ora in poi, sarà solo l'ennesimo dono di questo viaggio stupendo che ho intrapreso...*

Sono certo ci sia una stagione per ogni cosa. Una per sentirsi pienamente vivi, una per godere delle piccole cose, una per provare tristezza, o malinconia.

Oggi più che mai sono convinto che ciascuno di noi possieda tutti gli strumenti per essere felice e sentirsi in pace: dobbiamo solo arrenderci al ritmo della vita, e lasciare che fluisca dentro di noi. Come faccio io, ancora adesso.

Se, a un certo punto della vostra esistenza, trovate il coraggio di correre dei rischi, di evitare le responsabilità e dimenticare le conseguenze; se non smettete di sentirvi dei bambini e vivete come tali; se, al tempo stesso, imparate dal passato e dai vostri fallimenti, ma riuscite a perdonarvi e a vivere senza rimpianti; se siete in grado di vedere le radici della vita con la stessa chiarezza con cui vedete le più alte foglie di un albero; se imparate a sognare senza limiti, conservando la vostra umiltà; se avete la forza di mettervi in discussione, e talvolta accettate di essere in torto; se riuscite a comprendere che, come esseri umani, siete condannati a sbagliare; se affermate e difendete sempre quello in cui credete senza per questo ferire il prossimo… allora, un giorno vi renderete conto di avere tutto ciò che serve per vivere un'esistenza veramente felice e serena. Non importa che abbiate cinque, cinquanta o cento anni.

Devo essere sincero, però: in tutta onestà, spero mi venga concesso di restare qui a lungo. Perché ci sono tante, tantissime cose che voglio ancora scoprire!

Uno

C'ERA una volta un uomo, ricco come pochi. Un uomo che aveva lavorato duramente tutta la vita, non sempre in modo onesto o rispettabile, nel tentativo di farsi un nome.

Si chiamava Chuck ed era nato in una famiglia indigente, in un quartiere povero della città. Ogni giorno, da piccolo, aveva guardato i suoi genitori spaccarsi la schiena per portare a casa il pane, senza sapere cosa avrebbe riservato loro l'indomani. Non ricordava un solo istante in cui non li avesse visti preoccupati e oppressi dal peso di quell'esistenza.

Nessuno sceglie dove venire al mondo. Alcuni, più fortunati, nascono in famiglie in grado di provvedere ai propri figli, altri no. Alcuni hanno genitori meravigliosi, con altri la sorte non è stata così benevola. *Perché?* È una domanda che si perde nel vento...

Per motivi che possiamo ascrivere soltanto al destino, il nostro Chuck, come dicevamo, era l'unico figlio di una famiglia povera in canna, e viveva ai margini di una grande città. In quelli che taluni chiamano bassifondi e altri quartieri «dimenticati». Insomma, due modi diversi per indicare la stessa triste realtà.

Sono in molti a credere che tutti noi, in qualche modo, siamo «vittime di vittime»: per certi versi, il nostro destino è segnato non solo dalla nostra esperienza individuale, ma anche da quanti incrociano la nostra strada e sono responsabili degli eventi felici o traumatici che affrontiamo durante l'infanzia e in seguito. Ebbene, al nostro amico la fortuna aveva riservato una mamma e un papà stupendi: due persone gentili, innamorate, che lo amavano con tutte se stesse. Solo che Chuck era costretto a vederli invecchiare giorno dopo giorno sotto il peso schiacciante della miseria. E senza scorgere nessuna luce in fondo al tunnel...

Quando pensiamo di non avere più speranza e dimentichiamo di sognare, il nostro corpo e la nostra mente cominciano a cedere. Non importa quanto siamo forti: ci sentiamo persi.

Da piccolo, Chuck aveva frequentato la scuola del quartiere. Mamma e papà avrebbero potuto chiedergli di rinunciare a studiare e di aiutarli a portare a casa qualche soldo, però non l'avevano mai fatto. Erano gente povera, sì, ma rispettabile, e come la maggior parte dei genitori pensavano che, facendosi un'istruzione, avrebbe avuto delle opportunità migliori. Avevano sempre sentito dire che era importante per avere successo.

D'altro canto, loro non avevano mai finito gli studi perché la madre di Chuck era rimasta incinta molto giovane, a un'età in cui due adolescenti innamorati non erano certo in grado di valutare le conseguenze o le responsabilità di mettere al mondo un figlio. Era lui il motivo per cui avevano lasciato la scuola, tuttavia si volevano – e gli volevano – troppo bene per rivelargli una cosa simile. E poi non si erano mai pentiti di quella decisione, anche perché si erano resi conto che la migliore scuola al mondo è quella della vita: per imparare a comprenderla, occorre fare esperienze che non si trovano nei libri e che non vengono spiegate in nessun'aula.

Crescendo, il nostro Chuck aveva fatto una promessa a se stesso: a costo di qualunque sacrificio – e conosceva bene il significato di quella parola, dopo l'infanzia vissuta in famiglia – non sarebbe mai più stato povero. Convinto che il fine giustificasse i mezzi, non gli importava di comportarsi da egoista o di concludere affari in modo sleale. Sarebbe diventato ricco: questa era la sua missione. Sapeva esattamente che cosa voleva per sé: una vita senza problemi finanziari. E di una cosa era certo: denaro e ricchezze materiali avrebbero compensato la tristezza e il rancore che provava vedendo i genitori morire un po' ogni giorno. L'abbondanza avrebbe cancellato per sempre certe immagini dalla sua mente.

Due

A CINQUANT'ANNI, all'apice del successo, Chuck era al volante della sua splendida Porsche argento metallizzato. Si beava degli sguardi velati degli altri automobilisti, che ammiravano il meraviglioso e costosissimo capolavoro d'ingegneria su cui viaggiava. Stava pensando a quanto era fortunato, e al fatto che chi lo guardava, probabilmente, provava un po' d'invidia nei suoi confronti, non potendosi permettere un simile gioiello. Per quanto meschino, tutto ciò lo rendeva felice: alla fine aveva lasciato i bassifondi per trasferirsi nel quartiere più lussuoso della città. Aveva fatto strada, e ne era orgoglioso. Non aveva mai perso di vista lo scopo che si era prefissato da ragazzino, e così aveva realizzato il desiderio di una vita.

Però – sì, c'è un però – dimostrava più anni della sua età. Almeno una quindicina. Le lunghe serate trascorse a lavorare gli avevano scavato rughe profonde intorno agli occhi, la mancanza di esercizio e una dieta poco salutare l'avevano appesantito, e anche lo stress di una routine piena di impegni aveva lasciato il segno. Ma era un prezzo che era stato disposto a pagare sin dall'inizio.

A bordo della fuoriserie, si stava recando a un'importante riunione di lavoro presso una delle sue numerose aziende. Da sempre aveva avuto in mente una sola cosa: sconfiggere la povertà. Non si era mai preoccupato di farsi degli amici, o di uscire con le ragazze. Al termine delle scuole superiori aveva annunciato ai genitori che se ne sarebbe andato. Sarebbe tornato da ricco, aveva promesso, e li avrebbe portati via da quel buco infernale che chiamavano vita.

Mamma e papà non erano d'accordo, ma, d'altro canto, avevano preso la stessa decisione più o meno alla sua età: sapevano che un figlio, pur essendo sangue del loro sangue, non può essere considerato dai genitori una loro proprietà. Avevano deciso di metterlo al mondo e la parola «aborto» non aveva mai sfiorato le loro menti. Profondamente innamorati, erano convinti che il sentimento che li univa avrebbe permesso loro di affrontare ogni sfida, purché l'avessero preservato. E in fondo al cuore avevano sempre saputo che Chuck non avrebbe necessariamente seguito la loro strada. Talvolta, avvocati o medici desiderano che i propri figli seguano le loro orme e, senza rendersene conto, li obbligano a diventare qualcosa che non vogliono essere. Non capiscono come, in modo sottile, finiscano per tarpare le ali ai sogni che ogni essere umano ha il diritto di coltivare.

Così, Chuck aveva stretto mamma e papà in un abbraccio e se n'era andato, con la promessa di rimboccarsi le maniche e di tornare, un giorno, per offrire loro una vita migliore.

Quello che non aveva capito era che i suoi genitori possedevano già tutto ciò di cui avevano bisogno. Certo, dovevano lavorare duramente per sbarcare il lunario, ma l'amore e il legame che li univano erano più forti di qualunque problema materiale. Chuck allora era solo un ragazzo e non era ancora in grado di afferrare quella lezione di vita: *finché l'amore e il benessere spirituale vengono anteposti a tutto il resto, non esistono ostacoli insormontabili.*

Impegnato a farsi un nome, convinto che il denaro gli avrebbe garantito la felicità, Chuck non si era reso conto dello scorrere del tempo e, quando finalmente riuscì a raggiungere i propri obiettivi, i suoi genitori morirono. Erano stati vittime di un incidente ferroviario. Quando li avevano trovati, tra le lamiere contorte della carrozza su cui viaggiavano, erano così stretti l'una all'altro che i soccorritori avevano dovuto estrarli insieme.

Tre

GRAZIE al navigatore di ultima generazione, la Porsche non sembrava nemmeno aver bisogno di un pilota.

Rilassato, Chuck rispose a una telefonata importante da parte del direttore di una delle sue aziende: voleva discutere di alcune azioni da comprare, avendo saputo da fonti interne che sarebbero raddoppiate di valore nel giro di pochi mesi. Concentrato sull'argomento, non badò alle indicazioni del GPS e proseguì lungo l'autostrada, superando la sua uscita.

Maledizione! A causa di quell'errore sarebbe arrivato in ritardo alla riunione. Era furioso, così accelerò e imboccò lo svincolo successivo senza nemmeno guardare il GPS e senza ascoltare le istruzioni di quella voce meccanica che ci dice come andare incontro al nostro destino più velocemente.

Non poteva immaginare che quella piccola distrazione gli avrebbe fatto prendere un'uscita molto particolare: un'uscita che non solo non l'avrebbe condotto in ufficio, ma l'avrebbe portato nel quartiere povero in cui era nato.

Chuck fu assalito dal panico. Mentre guidava la splendida Porsche nei bassifondi che tanti anni prima erano stati la sua casa, ricordi ormai sbiaditi cominciarono a fare capolino nella sua mente. Il cuore iniziò a martellargli nel petto, a ritmo sempre più serrato. Provò addirittura l'antico senso di impotenza, la tristezza e il dolore della sua infanzia, quando aveva osservato i genitori lavorare dall'alba al tramonto, senza alcuna speranza di un futuro migliore. Soprattutto, però, cominciò ad avere paura, notando il vivo interesse mostrato da alcune persone nei confronti suoi e della fuoriserie.

Provò a inserire nuovamente nel GPS la destinazione iniziale, ma, nervoso com'era, finì per spegnerlo. Si era perso: spaventato, credette di essere lì lì per avere un infarto. Non riusciva più a pensare, la mente era come intorpidita. Così, pur non volendo, dovette fermare l'auto davanti al garage di una vecchia casetta.

Madido di sudore, spense il motore, chiuse portiere e finestrini e si concesse un paio di minuti per recuperare fiato e riprogrammare il navigatore, che l'avrebbe condotto al sicuro, lontano da quel luogo infernale. All'improvviso ebbe un capogiro... certo, il sovrappeso e la pressione alta non lo aiutarono... Si sentì svenire...

E proprio quando cominciava a vedere dei puntini luminosi, notò un cartello appeso alla porta della casa.

AL MONDO, CI SONO PERSONE TALMENTE POVERE
DA NON POSSEDERE NULLA, OLTRE IL DENARO.

Subito prima di perdere i sensi, gli parve di sentire la porta della casetta che si apriva. Poi, d'un tratto, vide tutto nero.

Quattro

CHUCK si svegliò in un letto comodo e accogliente.

Aveva la vista ancora annebbiata, e impiegò un momento a distinguere quello che aveva intorno; ricordava vagamente che cos'era successo, anche se non aveva idea di dove fosse. Una finestrella decorata da tende vecchie ma pulite era l'unica fonte di luce nella stanza. La porta era chiusa. Vide un bicchiere d'acqua, e il suo primo istinto fu quello di bere, dal momento che si era svegliato con una gran sete. Ed era anche molto affamato. Tuttavia, non avendo ancora capito come fosse finito in quel letto sconosciuto, resistette alla tentazione. Fu percorso da un brivido quando cominciarono a riaffiorare i ricordi del giorno prima. Osservò la stanza chiusa, con un'unica minuscola finestra, il bicchiere d'acqua… forse era stato rapito? Con ogni probabilità, gli avevano rubato la Porsche e lo stavano trattenendo per chiedere un riscatto. Ma non aveva le mani legate, e braccia e gambe erano libere. Così, quando si fu svegliato del tutto, provò ad alzarsi. Notò le sue scarpe a un lato del letto: qualcuno le aveva addirittura lucidate. Il vestito con la giacca e la cravatta erano appesi all'anta di un'armadio. Si sentì più confuso che mai. Che cosa diavolo gli era successo?

Si rivestì e si infilò le scarpe. Era mattino presto. Il giorno prima, rammentò, si stava recando a un incontro di lavoro... Probabilmente lo stavano cercando, dato che non si era presentato. Cercò il cellulare, invano. Poi si ricordò di averlo lasciato nell'auto. Non aveva modo di mettersi in contatto con il mondo esterno. Che fare? Forse i sequestratori erano fuori dalla stanza. Guardò dalla finestra, ma era chiusa da sbarre di ferro e, in ogni caso, un obeso come lui non sarebbe mai riuscito a passare attraverso quella piccola apertura.

Valutò le opzioni a sua disposizione, e si rese conto di poter fare soltanto una cosa: aprire la porta per capire dove si trovava. Senza far rumore, girò il pomolo: non era chiusa a chiave. Allora fece un respiro profondo e, lentamente, aprì l'uscio, non sapendo chi o che cosa avrebbe incontrato dall'altra parte. In un bagno di sudore, finalmente trovò il coraggio di uscire. Ora o mai più, si disse.

* * *

Oltre la soglia lo attendeva un lungo corridoio, con una serie di porte allineate sui lati.

Era tutto molto semplice, ma immacolato. Persino le pareti, imbiancate con pittura da pochi soldi, non avevano un segno. Un tappeto consunto copriva il pavimento.

La casa sembrava molto vecchia, ma Chuck rimase impressionato dalla pulizia e dall'ordine che regnavano intorno a lui. Dal soffitto pendeva un piccolo lampadario a bracci, su un tavolino facevano bella mostra di sé alcuni soprammobili e i vasi appesi alle pareti erano abbelliti da graziosi fiorellini. Regnava una meravigliosa atmosfera di pace.

Poi avvertì qualcos'altro: un delizioso profumino di caffè appena fatto. In fondo al corridoio, si apriva un locale che aveva l'aria di essere una cucina. Chuck aveva smesso di sudare, ma era ancora un po' in apprensione. Lentamente si avviò in quella direzione e, quando fu abbastanza vicino, vide un uomo seduto a un tavolo, intento a fare colazione. Anche quella stanza era vecchia e semplice, ma ogni cosa brillava quasi fosse nuova.

In quell'istante, l'uomo che sedeva tranquillo a sorseggiare il caffè dalla fragranza squisita si voltò e gli sorrise. «Buongiorno, Chuck. Non è una splendida giornata?»

In preda al panico, Chuck perse di nuovo i sensi.

Già. Perché quello sconosciuto che si godeva beatamente la sua colazione, e che aveva un'aria tanto felice... era *lui*.

Cinque

Si svegliò di nuovo nel confortevole letto in cui si era ritrovato dopo aver imboccato l'uscita sbagliata, dopo aver preso la strada per un luogo e una casa in cui mai avrebbe immaginato di tornare. Questa volta, però, si rese conto che il profumo del caffè appena fatto veniva dalla sua stessa stanza. Seduto su una comoda sedia a dondolo, l'uomo misterioso lo stava osservando. Sorrideva e si dondolava serenamente. Sarebbe stato la sua copia esatta, non fosse stato per il fatto che era molto più magro, aveva più capelli e dimostrava una quindicina d'anni in meno.

«Buongiorno, Chuck», lo salutò.

«Buongiorno», rispose lui, mentre si rizzava a sedere e cercava di capire che cosa stesse succedendo.

«Immagino che tutto questo ti sembri irreale»,

disse ancora l'altro, chinandosi verso di lui. «Voglio renderti le cose più facili», continuò. «Chiamami Dave. Così sarà più semplice comunicare, e il tuo cervello avrà meno difficoltà ad assimilare tutte queste nuove informazioni.»

«Oh... d'accordo», replicò Chuck, ammaliato dalla bizzarria della situazione.

«Bene. A quanto pare, sei finalmente giunto nel posto in cui dovevi arrivare. Un po' tardi, forse, ma fa lo stesso. A proposito», proseguì, «la tua bella macchina è al sicuro nel garage, quindi non preoccuparti.»

«Grazie.» In quel momento, Chuck si ricordò della riunione di lavoro. «Ieri mi aspettavano a un incontro importante. Mi staranno cercando, visto che non mi sono presentato.»

«No, io non credo. Non sempre ciò che succede all'esterno conserva lo stesso significato, in questa casa.»

«Che cosa intendi dire? Prima o poi, qualcuno si metterà in contatto con me.»

«Può darsi. Prima di tormentarmi, però, se fossi in te darei un'occhiata all'orologio...»

Chuck seguì il consiglio, e stentò a credere ai suoi occhi. Le lancette segnavano le nove e cinquanta: a quell'ora esatta si era fermato davanti al garage, dopo essere finito nella zona povera della città.

«Che cosa gli hai fatto?» chiese a Dave. «L'hai bloccato tu?»

«Io non c'entro nulla. Non cominciare a prendertela con me per tutte le cose che in questo momento non riesci a capire, *o per quelle di cui sarai testimone*… a patto che tu lo voglia, naturalmente. Adesso sai che ore sono, e probabilmente ti sarai reso conto che ti stanno ancora aspettando a quell'incontro importante. Nessuno ti sta cercando, Chuck. Nessuno è preoccupato per te. Nel mondo esterno, quella riunione non è ancora cominciata. E non comincerà, a meno che tu non scelga di lasciare questo posto. Sta a te decidere che cosa fare.»

Chuck esitò, la mente intorpidita sotto quella pioggia di informazioni che non riusciva a comprendere. Che cosa stava succedendo? Aveva commesso un unico errore, imboccando l'uscita sbagliata. Forse si trattava di un sogno? O di un incubo, piuttosto… Chiunque, al suo posto, sarebbe uscito di corsa da quella dannata casa, ma non lui. Era come trattenuto da una forza. All'inizio faticò ad accettarlo, tuttavia sapeva perfettamente che cosa gli impediva di andarsene: i ricordi legati all'infanzia – e a quel quartiere che conosceva così bene, e in cui aveva giurato di non mettere più piede – lo attiravano come una calamita. Per oltre trent'anni aveva tenuto fede al suo voto, eppure adesso provava la netta sensazione che in quel periodo della sua vita ci fosse qualcosa di irrisolto. E il pensiero dei suoi genitori avvolse la sua anima con un velo di malinconia.

«Bada a come vedi il mondo, Chuck», gli disse Dave, *«perché esso è esattamente come appare ai tuoi occhi. Rinuncia alle tue conoscenze, e altre ne giungeranno. Non aspettare la prossima opportunità: quella che ti è stata offerta potrebbe essere l'ultima... quella a cui aneli da tanto tempo, senza nemmeno saperlo. Quella che ti consentirà di cambiare in meglio la tua vita.»*

Sei

«CHE ne dici di un caffè?»

«Sì, grazie», rispose Chuck.

«Credo di essere riuscito a ottenere la combinazione perfetta: un trenta per cento di chicchi brasiliani tostati, un'aggiunta di arabica, e una miscela di altri pregiati caffè africani», spiegò Dave, mentre versava il bel liquido scuro in una tazza in pendant, da cui si levava un aroma delizioso.

«Latte? Zucchero?» chiese al suo ospite.

«Grazie. Niente latte, solo un cucchiaino di zucchero.»

Dave mescolò il caffè e, con cautela, mise la tazza davanti a Chuck, seduto al tavolo del cucinino. Da una piccola finestra si vedeva un cortiletto pieno di piante e magnifici fiori di ogni colore. Scorse anche alcuni uccelli variopinti che volavano qua e là.

Prese un sorso di caffè. Buonissimo, davvero.

«È delizioso. Come sei arrivato alla miscela perfetta?»

«Con molta pazienza. Me lo posso permettere, ora che ho imparato a godermi le cose semplici... quelle che contano davvero, per me.»

Anche Dave assaggiò la bevanda, poi guardò il suo ospite. Aveva notato il suo interesse per gli uccelli dalle piume colorate.

«Sai perché volano?» gli chiese.

Quella domanda colse Chuck di sorpresa. «Be'... perché hanno le ali, suppongo.»

«Gli uccelli volano perché sanno di poterlo fare, Chuck. *O, forse, perché sanno di doverlo fare, se vogliono sopravvivere*. Per noi vale lo stesso discorso, anche se forse non siamo in grado di distinguere le nostre ali. O, semplicemente, non siamo pronti a farlo.»

«Vedi, la vita è un sogno che non va vissuto a occhi chiusi, bensì da svegli. Dobbiamo assaporare un giorno alla volta, senza avere timori, e senza sforzarci di comprendere quello che il destino ci pone davanti.»

«In che senso?»

«Intendo dire che capisco quanto tu ti senta confuso, spaventato o perduto, in questo momento», spiegò Dave. «Ma ti ci abituerai, così come ci si abitua alle novità che la vita ci riserva. E imparerai che le cose che consideravi impossibili in realtà non lo sono affatto. Sinceramente, Chuck, sai dove ti trovi?» gli domandò poi.

«In tutta onestà, non ne ho la più pallida idea. Mi sto sforzando di assimilare tutte queste nuove informazioni senza andare nel panico, ma non è così facile...»

Dave sorrise. «Non credere che non ti capisca. Stavi andando a un'importante riunioni d'affari, e d'un tratto hai imboccato l'uscita sbagliata, ritrovandoti qui. Immagino tu sia parecchio turbato.»

«Come sai dell'autostrada? Io non te ne ho mai accennato!»

«Mai sentito parlare di mondi paralleli? In realtà io sono *te*, Chuck: vivo una vita parallela alla tua, ma provo i tuoi stessi sentimenti e ho lo stesso codice genetico che porti dentro di te. Ti ho detto però di chiamarmi Dave per facilitarti le cose, te lo sei già scordato?»

«No, anzi, mi sentirei più a mio agio, se potessi continuare a chiamarti Dave.»

«Per me va bene. L'importante è che tu assorba tutte le informazioni che ti darò, e comprenda le ragioni per cui sei arrivato qui. *Non esistono coincidenze, nella vita*: non dimenticarlo mai.»

Chuck prese un altro sorso di caffè. Caspita, era davvero squisito! Mentre assaporava l'aroma della bevanda, rifletté sull'intera situazione: chiunque se la sarebbe data a gambe, al suo posto, ma lui no.

Certo, per tutta la vita il denaro era stato il suo unico obiettivo, il suo unico valore, ma aveva anche imparato ad ascoltare, e adesso la curiosità ebbe la meglio sull'impulso di fuggire.

Chissà, forse fu il fatto di potersi specchiare nel volto di quell'uomo misterioso, più magro, più giovane, più in forma; o forse fu *la sensazione di grande pace che lo circondava*. In ogni caso, seppe d'istinto di non correre alcun pericolo.

Sette

FINITO il caffè, Dave invitò Chuck a visitare la casa. «Non è molto grande, ma credo che rimarrai piacevolmente sorpreso.»

«E la mia riunione? Dovrei almeno avvisare i colleghi che sto bene.»

«Se è questo che ti preoccupa, ti invito di nuovo a dare un'occhiata all'orologio.»

Chuck seguì il consiglio e, con grande sconcerto, notò che le lancette non si erano mosse: non era passato neppure un secondo da quando l'aveva guardato l'ultima volta.

«Finché rimarrai in questa casa, nessuno ti cercherà, Chuck. E ti suggerisco vivamente di trattenerti ancora un po'. Fai un favore a te stesso. Alcuni treni passano una sola volta, nell'arco di una vita intera. Fossi in te, questo non vorrei perderlo.»

Chuck non sapeva decidersi. Dopo tanti anni,

però, il suo cuore gli stava parlando, attraverso quello di Dave... che poi, in fondo, erano una cosa sola.

Per tante persone, mostrarsi gentili per incontrare il favore del prossimo è più importante che essere fedeli a se stesse. Sono entrambi atteggiamenti degni di merito, che tuttavia non vanno mai confusi. La vita è un sogno che non va vissuto mentre dormiamo, bensì da svegli. Dobbiamo assaporare un giorno alla volta, e cogliere quelle opportunità che spesso capitano una sola volta, e ci appartengono veramente.

Cominciarono a girare per la casetta. Entrarono nel soggiorno, una stanza molto piccola che fungeva pure da sala da pranzo. Anche qui i mobili erano semplici, ma ben conservati, e ovunque c'erano piccoli vasi pieni di fiori di ogni colore e profumo. Una porta dava sull'unico bagno, anch'esso di dimensioni esigue. Dal soggiorno passarono poi nel cortile sul retro, dove Dave coltivava un orticello.

«Posso dirti una cosa, senza offesa?» chiese Chuck, d'un tratto.

«Coraggio», rispose il padrone di casa.

«Non avrei mai immaginato che in un quartiere povero come questo potesse sorgere una casetta così intima e accogliente.»

Dave sorrise. «Ti ringrazio di cuore. Dette da te, queste parole sono un vero complimento. Vedendo i tuoi vestiti e l'auto che guidi, posso solo immaginare la casa in cui abiti...»

In effetti, con due cucine, sei camere da letto, un enorme giardino con piscina e tutti gli oggetti lussuosi di cui l'aveva riempita, la dimora di Chuck somigliava più a una reggia che a una semplice abitazione.

«Passerai quasi tutto il tuo tempo a casa, a goderti lo splendore e le comodità di cui ti sei circondato...»

Chuck cominciò a sentirsi a disagio. In verità, si era procurato tutte le cose meravigliose che aveva sognato fin da bambino, ma non riusciva a ricordare l'ultima volta che si era goduto la sua bella villa, da solo. Più che altro la considerava un luogo in cui farsi una doccia e dormire, con un enorme guardaroba dove scegliere i vestiti da indossare ogni giorno. Si rese conto che, quando era a casa, di solito stava incollato al portatile o al telefono per lavoro. Teneva acceso il televisore da mattina a sera, *per non sentirsi solo*. Aveva una splendida collezione musicale, ma, ogni volta che stava per scegliere un CD da ascoltare, gli squillava il cellulare, oppure si accorgeva di essere di nuovo in ritardo per l'ennesimo incontro d'affari. Di recente, il medico l'aveva invitato ad avere più cura della sua salute, dal momento che fumava parecchio ed era anche in evidente sovrappeso. Ma lui non aveva tempo per fare una passeggiata, né per consumare un pasto salutare. E non si ricordava nemmeno quand'era stata l'ultima volta che si era preso un giorno di ferie o aveva fatto una vacanza. Era sempre impegnato, perché così funziona per la gente che conta, no? Non fare niente è soltanto una perdita di tempo.

Immerso nei suoi pensieri, d'un tratto fu attirato da qualcosa: una fotografia appesa alla parete. Sembrava molto vecchia. Si avvicinò… e gli occhi gli si colmarono di lacrime.

Non riusciva a crederci: era la foto di una giovane coppia con il loro bimbo. Sorridevano. Sorridevano davvero, *come sono capaci di fare solo le persone veramente felici.* L'uomo teneva il piccolo in braccio, e la donna lo guardava con l'inconfondibile sguardo di una madre, mentre stringeva teneramente la mano del suo compagno.

Si voltò verso Dave, sconcertato: «Quelli sono i miei genitori! E il bambino sono io!»

Il suo ospite sorrise. «*Benvenuto a casa.*»

In quel momento Chuck prese coscienza, *nel profondo del cuore,* di trovarsi davvero come davanti a uno specchio: l'uomo che aveva di fronte, e che aveva deciso di chiamare Dave, era proprio *lui.*

Dunque, aveva detto il vero. Non era un sogno, ma la pura e semplice realtà. Finalmente, Chuck comprese anche che l'unica differenza tra lui e il suo alter ego era il fatto che quest'ultimo avesse deciso di rimanere nella sua casa, invece di scappare via.

Esistono veri e propri mondi paralleli, basati sulle decisioni che prendiamo in assoluta libertà…

Otto

I GIORNI passavano, e Chuck cominciava a sentirsi più a suo agio in quell'ambiente. Si sentiva protetto, al sicuro, sapendo di trovarsi nella casa in cui era nato ed era stato cresciuto da due genitori meravigliosi. Era più rilassato.

Si era appena gustato una cenetta squisita, preparata da Dave: niente di elaborato, o che si potesse paragonare ai pasti che normalmente consumava nei ristoranti di lusso, in compagnia di colleghi imprenditori. Il tempo era denaro, per lui, quindi era abituato a mangiare mentre discuteva d'affari, a volte senza nemmeno assaporare i piatti deliziosi che ordinava.

Con Dave, però, era stato diverso. Si era soffermato a osservarlo, mentre sceglieva con cura gli ortaggi coltivati personalmente e mescolava spezie e piante aromatiche, anch'esse provenienti dall'orto dietro casa. Aveva notato con quanta cura avesse raccolto ogni cosa, quasi seguisse un rituale spirituale, quasi volesse ringraziare ogni singolo ingrediente che avrebbe usato per cucinare. Poi aveva indossato un grembiule bianco e aveva messo della musica, un pezzo dalla melodia rasserenante, per concentrarsi sulla preparazione del pasto. Aveva fatto tutto senza fretta, come se volesse godersi appieno il fatto di creare un piatto con le verdure che aveva seminato e raccolto di persona nell'orticello. *Era chiaro che non stava semplicemente cucinando: il suo era un atto d'amore. Sì... Dave aveva cominciato a gustare quel manicaretto prima ancora di sedersi a tavola.*

In quel momento, Chuck comprese che cosa stava cercando di dirgli: talvolta, ciò che sembra privo di importanza – soprattutto ai «pezzi grossi» come lui – non è affatto una perdita di tempo. *La bellezza e la felicità sono nell'occhio di chi guarda, e non necessariamente in quanto ci circonda. Forse, la risposta risiede nel modo in cui decidiamo di vedere il mondo, e nel nostro atteggiamento. Forse, una volta scelta la strada da seguire, impariamo ad apprezzare molte delle cose che la vita ci riserva; al tempo stesso, però, non ci rendiamo conto delle porte che chiudiamo. Porte dietro le quali si nasconde la vera bellezza che abita in ogni angolo del mondo.*

Nove

CHUCK si sentiva diverso. In fondo al suo cuore qualcosa stava cambiando.

Non ricordava nemmeno da quanti giorni si trovasse in quel luogo, dov'era capitato *per puro caso*... Oppure no? Era davvero successo tutto accidentalmente? Aveva parecchi dubbi al riguardo: in fondo, quante probabilità c'erano che parcheggiasse proprio davanti alla casa in cui aveva trascorso l'infanzia? Una su un milione... No, era accaduto qualcosa di speciale, solo adesso cominciava a capirlo. Stress e preoccupazioni erano un ricordo lontano: tra le quattro mura di quel piccolo rifugio accogliente, il tempo sembrava avere un ritmo diverso, che lo faceva stare bene.

Dave stava innaffiando i fiori in giardino, e le piante dell'orticello che aveva seminato con tanto amore. Guardandolo, *Chuck si rese conto che, in qualche modo, Dave aveva raggiunto la pace spirituale, e non aveva bisogno di nulla, oltre a ciò che già possedeva.*

Decise di farsi una doccia calda. Nel bagno, piccolo e confortevole, c'erano degli asciugamani puliti, e Dave gli aveva prestato un comodo accappatoio. Dopo essersi rasato, si guardò allo specchio: aveva la sensazione di essere ringiovanito, e l'immagine che vide gli diede ragione. Forse era merito del cibo salutare? O dell'assenza di stress? Oppure, doveva ringraziare la combinazione di molte cose che non riusciva a godersi da tanto tempo, nella sua corsa forsennata verso il successo? A proposito, quand'era stata l'ultima volta che si era acceso una sigaretta?

Vagò per la casa, ormai familiare. I ricordi degli anni che vi aveva trascorso cominciavano a riaffiorare, e inaspettatamente si accorse di aver avuto un'infanzia meravigliosa, piena di amore. Ma lui pareva aver notato solo quanto duramente i genitori lavorassero. Non aveva mai badato a tutto il resto. *Adesso, invece, gli apparve tutto chiarissimo. A volte la vita va così: non apprezziamo quello che abbiamo finché non lo perdiamo. Sarà perché i brutti ricordi restano sempre vivi nella nostra mente, mentre quelli belli sbiadiscono... quando potrebbero durare una vita intera, se solo avessimo un atteggiamento positivo.*

* * *

Perso nei propri pensieri, Chuck si ritrovò nel corridoio dove il giorno del suo arrivo aveva notato due file di porte chiuse. Non aveva avuto il coraggio di domandare a Dave che cosa celassero. Forse delle stanze? Degli armadi, o magari uno studio? Era confuso.

«E così, finalmente, sai che cosa ti ha spinto a tornare nella casa in cui sei nato», commentò Dave, che lo aveva raggiunto.

«A dire il vero, non ne sono ancora sicuro.»

Dave sorrise. «Ho visto la curiosità con cui passi davanti a queste porte, interrogandoti su cosa si nasconda dall'altra parte. Eppure, sei stato così gentile da non domandarmelo.»

«Ho pensato che fossero stanze private, riservate a te.»

«E a te, Chuck.»

«Che cosa intendi?»

«Ti sarai accorto che questa casetta conserva molti meravigliosi ricordi del tuo passato, ricordi che hai dimenticato. Forse, è giunto il momento di spiegarti una cosa: ti ho chiesto di chiamarmi Dave perché tu non ti confonda, considerato tutto ciò che ti sta accadendo contemporaneamente. Prima o poi, però, dovrai affrontare la realtà, e cioè il fatto che tu e io siamo la stessa persona. L'unica differenza, tra noi, è che tu hai deciso di andartene, mentre io sono rimasto. Al di là di questo, le scelte che abbiamo compiuto ci hanno condotto a essere gli uomini che siamo. Scegliere è un po' come varcare una porta per entrare nel mondo in cui poi trascorreremo il resto della nostra vita...»

Nervoso, Chuck fissò le porte che si aprivano sul corridoio. «Immagino ti riferisca a queste...»

«Proprio così. Vedi, mamma e papà ci amavano immensamente. Per questo si facevano in quattro ogni giorno. Allora, tu pensavi che stessero sprecando la loro vita, mentre il loro era un atto d'amore: volevano offrirci la possibilità di scegliere il nostro destino. A te, a me, e a tutti gli altri Chuck che vivono in mondi paralleli.»

«Noi... e quegli altri... siamo un po' come fratelli gemelli?»

«Non esattamente», rispose Dave. «Esiste un solo Chuck. Io non sono che uno specchio in cui si riflette la tua anima... l'anima che avresti dentro di te, se avessi percorso il mio cammino. Siamo entrambi reali, ma viviamo in dimensioni diverse. E lo stesso discorso vale per gli altri Chuck che troverai dietro quelle porte, se deciderai di aprirle.»

Chuck esitò. Sapeva di aver ottenuto tutto quello che aveva sempre desiderato, eppure, d'un tratto si sentì triste e solo. Ogni persona compie le proprie scelte, è naturale, e lui aveva visto tanta gente imboccare una strada diversa dalla sua... A quel punto si domandò che cosa sarebbe successo, se tempo prima avesse preso una decisione differente: forse, nel voler pianificare tutto il suo futuro, senza rendersene conto si era precluso la possibilità di vivere un'esistenza diversa. Una vita stupenda, magari, che però non avrebbe mai conosciuto.

Non poteva ignorare la voce della sua anima, che sentiva riecheggiare dentro di sé. *Non più*. Tante volte si era interrogato sulla piega che avrebbe potuto prendere la sua vita: *E se...?* si era chiesto spesso. Adesso, quell'alternativa che si era sforzato di immaginare era di fronte a lui. E, da uomo d'affari qual era, aveva imparato che certe opportunità capitano una volta sola.

«Sono pronto, Dave», disse.

«Perfetto. Allora ti lascerò solo per un po', visto che questo posto appartiene tanto a te quanto a me. Prenditi il tuo tempo. Hai raggiunto tutti i traguardi che ti eri posto: forse è giunto il momento di cambiare una volta per tutte, e di raccogliere quello che hai seminato, in modi che mai ti saresti figurato.»

Per un istante, Chuck vide negli occhi di Dave la sua stessa anima, che aveva scelto di guardare la vita da una prospettiva differente. Prima di lasciarlo solo, il suo alter ego gli rivolse un sorriso ironico. «Non preoccuparti più per la tua riunione», gli disse. «Finché resterai qui, i tuoi colleghi ti aspetteranno.»

La porta dell’amore

CHUCK scelse una delle vecchie porte e posò la mano sul pomolo. Cauto, l'aprì. Dall'altra parte trovò una piccola stanza, e decise di entrare.

Notò subito il profumo particolare che sembrava sprigionarsi da ogni angolo del locale. Il suo cervello tentò invano di decifrarlo: non si trattava di fiori, né di qualche squisito manicaretto. No, era qualcosa di completamente diverso. Ebbe la sensazione che la fragranza si diffondesse in ogni particella del suo corpo, fino a penetrargli nell'anima.

Fece il giro della stanza, e vide che alle pareti erano appese alcune vecchie fotografie. Riconobbe immediatamente i suoi genitori, e se stesso da bambino. Un nodo gli strinse la gola, mentre le lacrime cominciavano a scorrergli lungo le guance. A scioccarlo fu soprattutto la consapevolezza di non aver mai dimenticato la povertà in cui era vissuto e i sacrifici quotidiani dei suoi, nonostante il passare degli anni. Odiava quei ricordi e aveva fatto di tutto per cancellarli, ma non ci era riuscito.

Eppure, non c'era una sola fotografia in cui lui, mamma e papà non sorridessero.

Le immagini alle pareti formavano una sorta di galleria che ripercorreva la sua vita, a partire dal giorno in cui era venuto al mondo: in alcune doveva avere sei mesi, mentre in altre era più grande, anche se dava sempre la mano ai genitori come se avesse paura di cadere. C'erano poi degli scatti che lo ritraevano a quattro, cinque o sei anni, in cui sorrideva sempre. Aveva l'aria di essere tanto, tanto felice! Ma allora, da dove nascevano i brutti ricordi che albergavano nel suo cuore da quando aveva deciso di andarsene? Non aveva mai dubitato della loro realtà, e invece quelle fotografie sembravano raccontare una storia diversa.

Confuso, continuò a spostarsi da una parete all'altra, finché non notò qualcosa. Vicino al muro c'era un tavolino, su cui era appoggiato un cofanetto dall'aspetto antico. Era chiuso, ma la chiave era nella serratura. Ebbe la vaga impressione di averlo già visto, anche se non avrebbe saputo dire dove. Così, lentamente, girò la chiave, e con cautela sollevò il coperchio.

Non era preparato a quello che si presentò: l'emozione fu tale che cominciò a tremare. Di nuovo, la commozione ebbe il sopravvento mentre – uno alla volta – estraeva dallo scrigno i piccoli oggetti che vi erano contenuti. Erano i suoi tesori, le cose che da bambino aveva custodito gelosamente. Lì dentro aveva riposto tutto quanto aveva di più caro, come l'automobilina di legno che gli aveva costruito suo papà, e che aveva portato in giro per l'intera casa trascinandola con un cordino; c'era anche la collezione di francobolli recuperati da sua madre da lettere e cartoline, dopo aver atteso pazientemente che il vapore dell'acqua calda dissolvesse la colla. Gli tornò in mente il Natale in cui lei e papà gli avevano regalato un vero album, così che potesse raccoglierli e sistemarli a seconda del Paese, dell'anno o del colore. E poi trovò il vecchio aeroplanino che...

Chuck si fermò. Senza rendersene conto, si era scordato di avere cinquant'anni, e di essere un imprenditore di successo. *Si stava comportando come un altro Chuck, come il bambino felice e pieno di sogni che era stato un tempo, capace di ammirare e godere delle cose semplici.* L'album, l'aeroplanino o l'automobilina che suo padre aveva costruito con tanto amore... erano tesori preziosi, certo. *Ma ancora più prezioso era il significato che avevano avuto per lui, in un periodo della sua vita che aveva dimenticato. Improvvisamente, nel profondo del suo cuore comprese che cos'era il profumo che pervadeva la stanza, penetrando in ogni fibra del suo essere:*

Era il profumo dell'amore, puro e semplice...

* * *

Infine, sul fondo del cofanetto dei tesori trovò una vecchia lettera. A prima vista non la riconobbe, ma la aprì con delicatezza. Era stata scritta da sua madre al marito, tanti anni prima:

Amore mio infinito,

molti di noi si propongono seriamente di vivere un'intera vita piena d'amore e di felicità. Sfortunatamente, il mondo reale ci ha mostrato che spesso i sentimenti finiscono. Le coppie si lasciano, i tempi e le persone cambiano: d'un tratto, tutte le promesse fatte si dissolvono nell'aria. Ci si rende conto di non voler più stare in un certo luogo, o di non volere più accanto un compagno. Con il passare degli anni, ahimè, molti si abituano a una situazione che in realtà non amano ma, non avendo più la forza e la volontà di andarsene, decidono di restare in quella zona sicura che si sono creati, condannandosi a un futuro di infelicità. Noi, però, siamo stati fortunati. Siamo rimasti insieme nei momenti buoni e in quelli difficili, e il nostro amore si è addirittura rafforzato con la nascita di Chuck. Siamo riusciti a percorrere la nostra strada senza scendere a compromessi, e restando fedeli a noi stessi. E abbiamo costruito qualcosa che sappiamo essere eterno: l'amore che ci unisce.

Ricordo come fosse ieri il momento in cui i nostri sguardi si sono incontrati per la prima volta: avevamo già capito che saremmo stati legati per sempre. Poi abbiamo scoperto il segreto per far durare il nostro amore all'infinito, anzi, per aiutarlo addirittura a crescere giorno dopo giorno. Al posto di programmare tutta la nostra esistenza, invece di fare promesse a lungo termine, abbiamo imparato a vivere un giorno alla volta, e a ripeterci tutti i giorni queste parole, semplici eppure meravigliose:

Oggi ti amerò,
e già so che, quando verrà il domani,
ti amerò ancora...

Chuck ripose la lettera nel cofanetto e lo richiuse, quindi lasciò la stanza piena di ricordi. Questa volta, però, non provò più tristezza ripensando all'infanzia lontana: il suo cuore era gonfio di malinconia, ma anche di felicità. Finalmente si era reso conto che, nonostante tutti i problemi finanziari, quella pagina della sua vita era stata bellissima, grazie a due genitori straordinari che si erano adoperati in ogni modo per dare il meglio al loro unico figlio. Forse non aveva ricevuto molto in termini materiali, ma di certo non gli era mancato l'amore.

In quella stanzetta aveva imparato soprattutto una grande lezione: anche nei momenti più disperati, e di fronte alle avversità più gravi, l'amore ci aiuta a sopportare e a superare le sfide più ardue. I suoi genitori gliel'avevano dimostrato, sacrificandosi per lui senza chiedere nulla in cambio. Avevano lavorato duramente, ma alla base di tutto c'era sempre stato l'amore che provavano l'uno per l'altra, e per il loro bambino.

Chuck rivolse un'ultima occhiata a quel luogo che custodiva ricordi così meravigliosi. Poi, prima di chiudere la porta, inspirò profondamente il profumo che pervadeva la stanzetta, fino a riempirsi i polmoni. *Il profumo dell'amore, puro e semplice.*

La porta della spiritualità

QUEL tuffo nel passato lo rinvigorì. Il senso di tristezza che aveva sempre accompagnato quei ricordi lasciò il posto a una ritrovata serenità.

Sul lato opposto del corridoio c'era un'altra porta, proprio di fronte a quella che aveva appena richiuso. Anch'essa sembrava attendere una sua mossa. Da quando aveva messo piede in quella casa erano successe tante cose inspiegabili e sorprendenti. La sua mente tentava ancora di opporsi a tutto ciò che andava scoprendo: in fondo, per cinquant'anni era rimasto fedele alla sua linea di pensiero, testardo come un mulo. Adesso, però, una forza potentissima, che nasceva dal profondo dell'anima, sembrava voler prendere il controllo delle sue azioni. La ragione continuava a ripetergli di andarsene. Il cuore, tuttavia, glielo impediva. Aveva imparato così tanto, in così poco tempo...

Alla fine, Chuck si decise e aprì la seconda porta.

Questa volta trovò una stanza quasi vuota. Non c'erano fotografie a decorare le pareti, né altri oggetti. Gli unici pezzi d'arredo erano un vecchio tavolino al centro e una sedia di fattura molto semplice. Si avvicinò. Sul piano di legno c'era una vasca per i pesci piena di sassi, ciottoli e sabbia. Accanto, notò una piccola brocca d'acqua.

Si sedette, perplesso. Non aveva idea di cosa fare. *E adesso?*

Poi, cominciò a ricordare.

Ricordò una lezione di fisica, alla scuola pubblica del quartiere. Nella sua mente riaffiorò un'immagine, vivida come se da allora fosse passato soltanto un giorno: il bel viso della sua vecchia maestra, all'epoca molto più giovane di quanto non fosse lui adesso. Del resto, la vita aveva fatto il suo corso, e ormai Chuck era più anziano di tutti gli insegnanti che aveva conosciuto... Ormai aveva più anni rispetto anche ai suoi genitori, l'ultima volta che li aveva visti.

Il tempo è solo una realtà fisica creata da noi, che ci serve a incasellare tutto quello che apprendiamo man mano dal libro della vita. Eppure, se comprendiamo che non esistono limiti o regole che impediscano al nostro cuore di muoversi liberamente attraverso passato, presente e futuro, ricorderemo sempre il motivo per cui siamo venuti al mondo, su questo straordinario pianeta chiamato Terra.

Per un attimo, Chuck si ritrovò seduto nella sua vecchia aula, in attesa dell'inizio della lezione. L'insegnante annunciò agli alunni che quel giorno avrebbero imparato qualcosa di magico sul volume... e forse molto di più, se avessero aperto il proprio cuore.

Li invitò ad avvicinarsi alla cattedra, e loro obbedirono, gli occhi sgranati per la curiosità mentre osservavano la vasca vuota posata sul ripiano.

L'insegnante chiese se fosse piena o vuota.

«Vuota», le risposero in coro.

«Bene», proseguì lei, prima di aprire un cassetto che conteneva sassi di media grandezza. A quel punto esortò i bambini a metterli nel recipiente.

Loro eseguirono, riempiendolo fino all'orlo.

«E adesso? La vasca è piena?» domandò la maestra.

«Sì», risposero i piccoli alunni, sicuri.

Lei sorrise e aprì un altro cassetto, mostrando dei sassolini più piccoli. Quindi, con cura, cominciò a versarli nel recipiente.

I bambini osservarono stupiti le piccole pietre arrotondate che andavano a insinuarsi negli spazi rimasti vuoti, tra quelle più grandi.

«E adesso?»

«Sì, è piena!» esclamarono di nuovo, in coro, più convinti che mai.

«Siete proprio sicuri?» insisté lei.

«Sì», giunse la risposta unanime.

Con lo stesso splendido sorriso, l'insegnante prese un sacchetto da dietro la cattedra, mentre il giovane pubblico la fissava sempre più curioso: qual era il misterioso contenuto dell'involucro? E che cosa ne avrebbe fatto? Lo aprì e lo inclinò sopra la vasca: della sabbia cominciò a cadere con un sussurro delicato, colmando gli ultimi interstizi rimasti tra i sassi grandi e piccoli. Seguì un lungo silenzio.

Chuck ricordava ogni particolare alla perfezione. Non poteva sapere che cosa stessero pensando i suoi compagni: lui, però, era stupefatto, confuso e pieno di dubbi, dal momento che la maestra aveva appena smontato tutta la sua logica di bambino. *Come aveva potuto essere così convinto delle proprie opinioni, e sbagliare tante volte, anche di fronte all'evidenza?*

In ogni caso, adesso nella vasca non era rimasto

neppure il più piccolo spazio: di questo era più che sicuro.

«È piena?» giunse la temuta domanda.

Dopo una breve discussione, tutta la classe rispose in coro: «Sì!»

La maestra li stava osservando con occhi colmi di dolcezza, e per un brevissimo istante il suo sguardo si posò su Chuck.

«Sei sicuro anche tu?» gli chiese.

I suoi compagni si voltarono a guardarlo. Nonostante i dubbi iniziali, rispose: «Sì, adesso è piena davvero. Non vedo più spazi vuoti». E gli altri bambini si dissero d'accordo.

La maestra non ripeté la domanda; rimase ferma lì, davanti ai suoi alunni, che spostavano lo sguardo da lei alla vasca, mentre l'incertezza s'insinuava nelle loro menti.

Il contenitore era pieno davvero questa volta! Ma il silenzio dell'insegnante indusse tutti a dubitare di quello che vedevano... o che credevano di vedere. Una vasca per i pesci piena di sassi piccoli e grandi, e di sabbia. PIENA. Non c'era più spazio, neanche un millimetro. La maestra stava solo cercando di confonderli!

Invece, un attimo dopo si voltò, gli sguardi scettici degli alunni incollati addosso, e da sotto quella cattedra piena di sorprese prese un secchiello. Di nuovo? Che cosa mai avrebbe potuto aggiungere a quella vasca già colma fino all'orlo? La curiosità fu presto soddisfatta: inclinò il secchio e versò sui sassi la sostanza magica a cui dobbiamo la vita: l'acqua. I bambini non credevano ai loro occhi: la sabbia assorbì tutto il liquido trasparente, fino a esserne completamente satura.

«Adesso la nostra vasca è piena», annunciò la maestra, guardando la classe con un sorriso radioso.

«Dentro ciascuno di noi», spiegò, *«ci sono spazi vuoti di cui nemmeno sospettiamo l'esistenza. Ce li portiamo dentro, li sentiamo. Eppure, continuiamo a negarli, con la stessa convinzione con cui poco fa avete affermato che il contenitore era pieno, quando non lo era affatto. Altrettanto ingenuamente, ci rifiutiamo di vedere la verità: siamo pieni di zone vuote, che tentiamo di colmare con materiali sbagliati, con oggetti inadatti. Acquistiamo cose nuove, usciamo più spesso, beviamo e mangiamo di più, allacciamo nuove relazioni... alla ricerca continua di un qualcosa che possa riempire quelle fessure. Ma non si tratta di automobili, case, gioielli, vestiti o trofei. NON SI TRATTA DI OGGETTI MATERIALI.»*

Così, quarant'anni dopo, Chuck riuscì finalmente a comprendere che cos'aveva rappresentato quell'acqua. Non solo: gli fu chiaro anche il motivo per cui si era sentito tremendamente solo, per tutta la vita. *L'acqua è la nostra parte spirituale, che non siamo in grado di vedere o toccare, ma che sentiamo.* Come il liquido versato nella vasca per i pesci. *Quel piccolo esperimento scientifico era servito a dimostrare che molte cose sono invisibili ai nostri occhi, ma non per questo non esistono.*

Se fosse riuscito a recuperare quell'acqua, *la sua dimensione spirituale,* Chuck non si sarebbe mai più sentito come si era sentito finora: *morto, sebbene fosse ancora tra i vivi.*

La porta della vita

TORNATO in corridoio, Chuck passò alla porta successiva, e la aprì piano.

Davanti a lui apparve una stanza dall'aspetto vecchio e misero. Una graziosa finestrella si affacciava sulla strada di un quartiere altrettanto povero. C'era una piccola culla, circondata da giocattoli, e il soffitto era decorato da una miriade di stelline fosforescenti. Alle pareti, imbiancate con intonaco da pochi soldi, erano appese delle fotografie, una delle quali ritraeva un bambino in braccio a sua madre; la donna indossava abiti umili, ma il suo viso era illuminato da un sorriso radioso e amorevole. Oltre a un comodino, con una lampada arrugginita, c'erano pochi altri mobili, tutti piuttosto malconci, e degli indumenti da bambino.

La riconobbe subito: era la stanza in cui aveva trascorso i primi anni della sua vita, un luogo in cui aveva giurato di non mettere più piede. Mentre osservava gli oggetti semplici che aveva intorno, però, si rese conto di non covare più quell'odio furioso provato tante volte, rincasando dopo la scuola. Quando torniamo in un posto che abbiamo amato, o detestato, e da cui siamo fuggiti, il nostro bagaglio di esperienze ci induce a guardarlo con occhi diversi.

In quel momento, Chuck si rese conto che la sua infanzia non era stata affatto spiacevole come la ricordava, soprattutto se paragonata a ciò che aveva visto in cinquant'anni: c'erano Paesi devastati dalla guerra dove la gente moriva ogni giorno, e altri in cui migliaia di bambini perdevano la vita a causa della fame o di malattie che potevano essere curate. I suoi genitori si erano spezzati la schiena per dargli da mangiare: solo adesso capiva che non l'avevano fatto per loro stessi, ma per lui. Forse non aveva avuto i giocattoli costosi con cui si divertivano altri bambini, però era cresciuto in una casetta piena d'amore. Per tutta la vita aveva creduto di aver trascorso l'infanzia nella miseria più nera, e invece non era mai stato povero. Non aveva mai sofferto la fame ed era sempre stato circondato dall'affetto. Sua madre e suo padre, due persone meravigliose, avevano fatto di tutto per il loro bambino, affinché un giorno potesse realizzare i suoi sogni. E, quando avevano rinunciato ai propri, l'avevano fatto per amore, non per mediocrità. Si erano impegnati per garantire al loro unico figlio una vita migliore. *Questo era stato il loro sogno.*

Chuck scoppiò in lacrime. Era stato talmente ingiusto nel giudicarli, considerandoli una coppia di perdenti! *I veri vincitori,* ora gli era chiaro, *spesso attraversano questo mondo senza nemmeno farsi notare*. Ogni loro gesto aveva avuto un unico scopo: la sua felicità. Si pentì di aver deciso di andarsene, per costruirsi una vita... *migliore*. Adesso che i suoi sforzi avevano finalmente dato frutto, adesso che aveva ottenuto ciò che aveva sempre desiderato, si rese conto che quella stanzetta accogliente conteneva già tutto quello di cui aveva bisogno. Lì si trovava qualcosa che non sarebbe mai riuscito a procurarsi, nonostante le compagnie che fondava, o le auto di lusso che guidava e le magioni sontuose che possedeva. Perché aveva dimenticato i tre tesori più importanti della sua infanzia. Non li aveva mai apprezzati veramente, e li aveva sempre dati per scontati: *amore, salute e vita spirituale*.

Si avviò verso la porta, che aveva lasciato aperta. Prima di uscire, però, capì che da quel momento in avanti avrebbe dovuto essere forte, e al tempo stesso umile, indipendentemente da ciò che il futuro gli avrebbe riservato. Per tanti anni aveva provato una profonda tristezza perché aveva camminato voltando le spalle al sole. Doveva imparare a perdonarsi: allora, soltanto allora, sarebbe riuscito ad abbracciare la bellezza della vita, volgendo il viso alla luce.

Per chi ha occhi per vederlo, infatti, un granello di sabbia può contenere un mondo intero, tutto nuovo. In un fiore può nascondersi il paradiso. E nel palmo della mano un calore infinito.

È questa la chiave di tutto: rendersi conto di essere vivi. Ricordarsi che non è mai troppo tardi per voltarsi a guardare il sole. Ancora una volta.

La porta della realtà

INFINE, Chuck si trovò davanti all'ultima porta. «Che cosa devo aspettarmi, adesso?» chiese.

«Perché non lo scopri da te?» gli rispose Dave con un sorriso.

E così fece. Oltre la soglia c'era un garage, in cui era parcheggiata la sua splendida Porsche argento metallizzato! La chiave era ancora nel cruscotto. Però non sembrava affatto il luogo dove aveva lasciato l'auto, quando era arrivato alla «casa delle meraviglie». Improvvisamente, la porta si richiuse alle sue spalle.

Allora cominciò a ricordare. Si trovava nel garage esclusivo in cui parcheggiava la fuoriserie quando andava al lavoro. Rammentò vagamente di essere atteso a una riunione molto importante. Così, prese l'ascensore per salire all'ultimo piano del più alto grattacielo del centro, dove si trovava il suo ufficio, e diede un'occhiata all'orologio.

Le nove e cinquanta...

Segnava la stessa ora di quando aveva imboccato l'uscita sbagliata dell'autostrada.

Dunque era stato tutto un sogno?

«Buongiorno, signore», lo salutò una signorina gentile. «In orario, come sempre. Il comitato direttivo la sta aspettando per cominciare la riunione.»

«Quale riunione?»

«Quella che ha indetto ieri sera. Non è stato facile contattare tutti i membri del comitato con così breve preavviso, ma ce l'abbiamo fatta.»

Chuck non disse nulla. Aprì la porta della sala riunioni: intorno a un enorme tavolo sedevano una decina di signori in giacca e cravatta, che al suo ingresso si alzarono tutti insieme.

«Buongiorno, Chuck», lo salutarono.

«Buongiorno», rispose lui. Sapeva di essere lì per qualcosa d'importante, ma proprio non ricordava quale fosse l'ordine del giorno. La sua mente era una tabula rasa.

Guardò fuori da una delle ampie finestre della stanza. Il cielo era di un bell'azzurro limpido, senza nuvole all'orizzonte. Molto più in basso c'erano delle piccole aree verdi ombreggiate da alberi. In uno dei giardinetti, dei bambini stavano giocando. D'un tratto, al di là del vetro, gli passò davanti uno stormo di uccelli che si stava disponendo in formazione.

Nella sala nessuno fiatava. Gli eleganti membri del comitato si erano rimessi a sedere, e lo stavano guardando con una certa curiosità.

«Ti senti bene, Chuck?» chiese qualcuno.

Lui non rispose.

«Chuck? È tutto a posto?»

No, non era tutto a posto, e lo sapeva. Si accorse che gli tremavano le mani. Il cuore gli stava dicendo che in quel luogo non c'era più spazio per lui. Passò in rassegna i volti dei presenti, amici e colleghi, ed ebbe un'improvvisa illuminazione. Nel profondo della sua anima, comprese che quella stanza era il simbolo dell'avidità. L'unica cosa che accomunava quelle persone era la volontà di fare soldi, più di quanti avrebbero mai potuto spendere. Avevano compiuto la scalata verso quello che la società considerava il vero successo: non c'era nulla di male, ma Chuck si rese conto che avrebbe potuto abbandonare quelle riunioni tanto tempo prima, perché erano soltanto un modo per riempire gli spazi vuoti nella sua vita, così che potesse sentirsi vivo.

Ripensò alla sua meravigliosa maestra, che aveva tentato di spiegargli lo stesso concetto con una vasca per i pesci. Riallacciandosi a quella metafora, non dubitò affatto che la riunione che si avviava a cominciare fosse piena di sassi, piccoli ciottoli e sabbia.

Di certo, però, *non conteneva acqua*. Per anni aveva creduto di poter colmare la sua vita con il lavoro e gli impegni, ma si sbagliava. In quel momento, rammentò le parole che aveva letto quando si era smarrito e, in preda al panico, aveva parcheggiato la Porsche davanti a quel garage sconosciuto.

AL MONDO, CI SONO PERSONE TALMENTE POVERE
DA NON POSSEDERE NULLA, OLTRE IL DENARO.

Sorrise e si mise a sedere. Lo stavano guardando tutti, alcuni preoccupati, altri intrigati. Prese la parola, prima che lo facesse qualcun altro: «Amici miei», disse, «forse il mio comportamento vi creerà qualche imbarazzo, ma vorrei condividere con voi una storiella. Parla di una vasca per i pesci, e delle cose che contano realmente nella vita...»

Quando ebbe concluso il racconto, nella sala scese il silenzio. Per alcuni istanti nessuno disse nulla. Poi, uno dei presenti si fece avanti: «Bella storia, Chuck... ora, se non ti dispiace, potremmo tornare agli affari?»

Tutti gli altri annuirono, d'accordo. «Già», dissero. «Cerchiamo di elaborare una strategia per comprare quelle azioni di cui abbiamo discusso la scorsa settimana...».

Nei loro occhi, Chuck vide riflessa l'immagine della sua esistenza vuota. Era dispiaciuto per loro, ma sapeva anche che a lui la vita aveva concesso un'altra occasione. L'ultima, probabilmente. Poteva ancora abbandonare quel mondo vuoto in cui aveva trascorso buona parte della sua esistenza.

«Vi dispiace concedermi cinque minuti?» chiese. «Devo fare una telefonata privata.»

«Nessun problema, prenditi tutto il tempo che ti serve», gli rispose un collega. «Se per te va bene, noi ci mettiamo al lavoro.»

«Certo, grazie.» Chuck si alzò e si diresse verso la porta. Una volta fuori, la richiuse.

La richiuse, sì, perché sapeva che non avrebbe mai più messo piede in quella sala.

Mai.

Tornò nel garage, dove aveva lasciato l'auto. Aprì la portiera e si sedette al volante. Quindi abbassò lo schienale e chiuse gli occhi. In men che non si dica, si addormentò. In vita sua, non si era mai sentito tanto stanco…

All'inizio, quando si svegliò, non riuscì a capire perché si trovasse in macchina. Dopo un po', però, quando la sua mente riprese a funzionare, ricordò vagamente di essersi presentato a un incontro d'affari. Guardò l'orologio: le nove e cinquanta! Del giorno dopo! Quindi aveva dormito per ventiquattr'ore filate... Eppure, nessuno era andato a cercarlo, dopo che si era allontanato con la scusa della telefonata. Confuso, guardò attraverso il parabrezza. Un sorriso gli si accese sul volto: si trovava nel garage in cui Dave aveva posteggiato la sua auto, quando si era perso in quel quartiere. Scese e andò dritto verso la porta della casetta.

Si sentiva bene.

Si sentiva bene perché, dopo oltre trent'anni, era finalmente tornato a casa.

La porta della scelta

CHUCK fuggì letteralmente dal garage in cui aveva dovuto affrontare la realtà.

Aveva visto tutte le cose meravigliose di cui s'era scordato, e a quel punto si domandò come gli fosse venuta l'idea che il denaro potesse comprare felicità e pace. Perché, da ragazzino, era stato tanto cieco da non rendersi conto di avere già una vita serena, anche se povera?

Rientrato in casa, si sedette in soggiorno e cominciò a singhiozzare come un bambino. Quanto tempo sprecato! E per che cosa? All'improvviso, si ritrovò faccia a faccia con la sua mortalità: sapeva di non avere molto tempo. Il medico gli aveva detto chiaramente che le sigarette, gli straordinari in ufficio e la pressione alta lo stavano portando alla tomba.

Ma poi gli vennero in mente le parole che gli aveva rivolto un amico, una volta: «*Hai un problema che si può risolvere con il denaro, Chuck? Allora, non hai un problema. Per quelli veri, i soldi non servono: la salute, le questioni di cuore o di famiglia, la mancanza di uno scopo nella vita... In quanto esseri umani, siamo destinati a commettere errori, a conoscere il dolore. Ma segui il mio consiglio: non tormentarti, se non ne vale la pena».*

Provò un tremendo senso di sconfitta. Si sarebbe potuto fermare tanti anni prima, se solo si fosse reso conto che una vita piena di denaro e di comodità non è necessariamente una vita felice. Se solo avesse capito come, alla fine del viaggio, tutti i suoi sforzi non sarebbero serviti a colmare il vuoto che si portava dentro da sempre. Invece, aveva fallito miseramente. Poteva mentire agli altri, ma non a se stesso. Aveva toccato il fondo. Più in basso di così non sarebbe potuto cadere.

Pianse a lungo, poi cercò di calmarsi e tornò nel corridoio. Soltanto allora si accorse della presenza di un'ultima porta.

Quale scopo poteva avere? Ormai si sentiva completamente perduto; era convinto che, chiudendo gli occhi e cancellando i suoi pensieri, avrebbe finalmente trovato la pace.

D'un tratto, però, quell'ultima porta si aprì da sola, piano piano. Chuck la raggiunse, spinse il battente, e oltre la soglia vide due sedie, l'una di fronte all'altra. Su una era seduto Dave e sorrideva.

«Allora», chiese, «com'è andata la riunione?»

«Me ne sono dovuto andare. Ho avuto l'impressione che quel posto non mi appartenesse più.» Guardò Dave dritto negli occhi, e scosse mestamente il capo. «Quand'è che mi sono smarrito? Se tu lo sai, dimmelo.»

«Probabilmente non te ne sei mai reso conto, Chuck. Ma credo ci sia stato un momento, nella vita, in cui avresti dovuto prendere in mano una mazzetta di banconote e chiederti: *Chi appartiene a chi?* Nell'istante stesso in cui hai smesso di possedere il denaro, il denaro ha cominciato a possedere te.

«Ora, non biasimarti per gli errori passati. Anch'io ne ho commessi molti. Siamo esseri umani, dopotutto sbagliare è nella nostra natura, nessuno riesce a sottrarsi a questo destino. Credo però che la cosa importante sia far tesoro degli sbagli e cercare di non commetterli di nuovo. Ti confesso che anch'io ho avuto i miei alti e bassi... Non credere che la mia vita sia stata tutta rose e fiori! Ho preso decisioni errate, e talvolta ho temuto di non riuscire a mettere un pasto in tavola.

«Vedi», proseguì Dave, «pensiamo sempre che l'erba del vicino sia più verde, ma qualche volta non è così. Nonostante le dure prove che ho dovuto superare, sono un uomo felice. E puoi esserlo anche tu.»

«Felice, dici?» ribatté Chuck. «E come? Ho cinquant'anni, il mio tempo è scaduto. Ho sprecato la mia vita, e me ne rendo conto soltanto adesso! Ancora qualche anno e finirò sottoterra, dimenticato da tutti...»

Dave sorrise. «Ricorda queste parole: il giorno in cui nasciamo è anche il giorno in cui cominciamo a morire. La magia che chiamiamo vita è un filo che non finisce mai: semplicemente, cambia. Possiamo vederne soltanto una parte, prigionieri come siamo dei nostri corpi di carne. Non dimenticare però che la tua vita è iniziata ben prima del giorno in cui sei venuto al mondo, e non si concluderà con la morte fisica. Si trasformerà, in modi che adesso non possiamo prevedere. Ma lo capiremo, quando questa prima parte del filo si esaurirà.»

«Che cosa stai cercando di dirmi?»

«Che ti è stata concessa un'altra possibilità. Hai già riempito la tua vasca di sassi, ciottoli e sabbia. Non ti resta che aggiungere l'acqua più pura... l'acqua che troverai nella spiritualità che dimora in te, nelle cose semplici. Hai aperto di nuovo gli occhi, Chuck: fa' in modo di non chiuderli più. C'è una cosa fondamentale che devi sapere, e comprendere: *non è mai troppo tardi*. Comincia a vivere un giorno alla volta, impara ad apprezzare le piccole cose. Quando inizierai a riempire la tua vasca di tesori autentici – quelli che non possiamo vedere, né toccare –, ti sentirai ogni giorno un po' più giovane, capirai che l'età non ha nessun significato e che i veri sogni sono quelli dei bambini. *Ricorda: finché anteporrai la vita spirituale a quella materiale, non avrai di che preoccuparti...*»

In quel preciso istante, Dave cominciò a dissolversi davanti ai suoi occhi, svanendo nel nulla. Appena prima di sparire, però, gli prese la mano e vi pose un bigliettino. Poi gli disse: «Non dimenticare che sono parte di te, e tu sei parte di me. Solo, viviamo due vite parallele. Mamma e papà stanno bene, Chuck. Si amano ancora, come il primo giorno. Da parte mia, posso farti una promessa: *i bei ricordi sono come finestrelle da cui possiamo vedere un pezzetto di Paradiso. E la vera felicità deriva dall'essere in pace con noi stessi, e con le persone che ci circondano*».

Chuck rimase seduto per un po'. Adesso era completamente solo, in una stanza vuota con due sedie. Notò il foglietto che Dave gli aveva lasciato prima di scomparire: lo aprì e cominciò a leggere.

È giunto il momento di mollare gli ormeggi,

Chuck. Lascia andare tutte le cose che ti fanno soffrire; di' addio al rancore e all'avidità, e permetti al tuo cuore di perdonarti. È tempo di essere indulgente con te stesso: ti sei già fatto abbastanza male. Durante il viaggio, hai disseminato il tuo stesso cammino di tanti sassi: adesso devi accettare il fatto che, per quanto tu sia vecchio, puoi ricominciare da capo, con un'anima pura e uno spirito sereno.

Scegli la via dell'accettazione: in quanto essere umano, puoi fallire, ma hai sempre la possibilità di cambiare in meglio. Smetti di giudicarti: d'ora in poi, guarda in faccia il sole, e lasciati alle spalle sensi di colpa, errori e rimpianti. Ogni uomo ha il diritto di essere ciò che vuole. Ascolta te stesso, dunque. Non hai ancora raggiunto la fine: abbraccia un atteggiamento diverso e sii onesto con te stesso. Forse, il filo della tua esistenza terrena si prolungherà più di quanto immagini.

Impara la lezione, e agisci di conseguenza. Liberati delle cose che non ti servono, abituati a viaggiare leggero. Scegli di essere felice piuttosto che avere ragione: nulla ti danneggia di più della convinzione di essere sempre nel giusto. E non cercare di controllare l'universo, ma seguine il flusso.

Ricorda, non importa quello che ti diranno:

non è mai troppo tardi. Lo è solo se sei già morto.

È giunto invece il momento di meravigliarti ancora delle cose semplici della vita. Sei stato troppo occupato, preso com'eri dal tuo egoismo, e per anni hai combattuto contro te stesso. Non biasimare gli altri per quello che ti accade: torna alla tua gioventù, piuttosto, e recupera i tuoi ricordi. Forse, questa volta non ti apparirà come un periodo triste e misero, bensì come una parentesi di autentica felicità, in cui il poco che avevi era sufficiente a darti gioia. Vivi, Chuck! Una volta per tutte, vivi la tua vita!

Chuck ripose con cura il biglietto in tasca, quindi si alzò e lasciò la stanza. Chiuse la porta, e cominciò ad aggirarsi per la casa in cui era nato.

Poi uscì in giardino, dove alcuni colibrì erano intenti a leccare il nettare da fiori stupendi. Vide una canna per innaffiare, e alcune piante che avevano bisogno d'acqua, così aprì il rubinetto. Fu una bella sensazione fare un gesto tanto semplice e assaporarlo fino in fondo. Non ricordava nemmeno l'ultima volta in cui si era sentito così.

Un attimo dopo, giunse una voce dall'abitazione confinante.

«Ciao, Chuck! È un po' che non ti vedo, cominciavo a preoccuparmi. Caspita, hai messo su un bel po' di chili, eh?»

Chuck si voltò, rivolgendo finalmente il viso al sole, e vide una giovane coppia, bella, con un bambino che correva nel cortiletto.

«Chiedo scusa», disse con una certa esitazione, «ma credo che mi abbia scambiato per qualcun altro.»

Il vicino sorrise. «Un'altra delle tue battute, eh? Comunque, vedi di non sparire più così. Ci sei mancato... e sei mancato soprattutto al nostro ometto.»

Chuck guardò il ragazzino, che lo stava fissando. «Ciao!» lo salutò lui. «Possiamo giocare più tardi?»

Allora ebbe un'illuminazione. Non era affatto vecchio. I ricordi infelici erano diventati sereni. La vita gli aveva concesso una seconda possibilità. Ora o mai più, si disse. Quella non era una fantasia, *era tutto assolutamente reale*.

«Contaci, ci vediamo dopo!» rispose al ragazzino. E in quell'istante si sentì di nuovo giovane, e provò una gioia immensa. Salutò i vicini con la mano e rientrò in casa.

La casa in cui aveva deciso di trattenersi per un po', per riempire finalmente la sua vita con la melodia di un nuovo inizio. Giovane, vecchio... l'età non aveva più alcuna importanza.

Epilogo
La mia porta segreta

AVVOLTO ben stretto nel mio sacco a pelo, sulla sabbia morbida, sento le onde che s'infrangono a pochi metri da me.

Ho un piccolo camper, attrezzato con il minimo indispensabile: una macchina per il caffè, frutta e verdura in abbondanza, un letto comodo, il costume da bagno e le pinne. Ho con me anche la mia fedele chitarra e la tavola da surf, il mio portafortuna. Un fornelletto, su cui posso prepararmi qualcosa da mangiare, qualche candela e due piccoli pannelli solari che servono a illuminare le mie serate e ad alimentare il computer portatile, nel caso volessi leggere un bel libro, o scriverne uno... ma a volte amo godermi semplicemente la compagnia di una candela. Mi sento totalmente libero. La felicità che provo viene da me, da dentro, e non dal luogo in cui mi trovo. Il mio spirito, però, appartiene a questo posto: sono circondato dalla natura, su una spiaggia deserta, con dei vicini deliziosi che credono nelle stesse cose in cui credo io. Nient'altro.

Ascolto il verso dei gabbiani che volano sopra il mio camper, osservo i delfini che vengono a riva tre o quattro volte al giorno e nuoto con loro, sento il grattare dei granchi rossi che si scavano la tana; talvolta mi avventuro lungo la costa, sulle scogliere e nelle grotte, dove vive una famiglia di lontre marine. Alba e tramonto si fondono con la pace e la tranquillità che regnano qui. Mi sento a casa. Mi sono allontanato dal rumore della città, e nella mia solitudine immagino mio figlio che gioca con gli altri bambini, crescendo libero e felice... In un luogo come questo, anche un pensiero suona come musica. Sta al nostro spirito scoprire quanto poco ci serve per sentirci vivi, per essere tutt'uno con l'universo... per liberarci delle regole e abbattere le pareti di cristallo che ci impediscono di assaporare fino in fondo la vita.

Talvolta, la notte, entro in acqua nudo e nuoto per ore, oppure mi lascio galleggiare, perché la parola «paura» non ha ragione di esistere in quest'angolo di mondo. Potrebbe mai succedere qualcosa di male? Mi tuffo e resto sotto la superficie, ascoltando i delfini che mi girano intorno.

In molti mi hanno detto che sto perdendo la ragione. Come posso starmene da solo in un piccolo camper, accampato su una spiaggia nascosta, lontano dalla «rete di sicurezza» della società? E se subissi un'aggressione, o venissi rapinato? Se mi capitasse un incidente? Nei paraggi non c'è nessuno, non avrei nemmeno la possibilità di chiedere aiuto. *Ma sono questi i momenti cruciali della vita, almeno per me: i momenti in cui decidi di fare quel passo in più, e scopri un mondo che puoi percepire e apprezzare solo se accetti di correre il rischio.*

Più ti avvicini alla natura, più ti senti al sicuro: è questa la lezione che ho imparato. Qui la paura perde ogni significato, perché non è altro che uno stato mentale. Trascorro sempre meno tempo in città, e sempre di più sulla mia spiaggia «segreta». Estate o inverno, non ha alcuna importanza. E non do peso a quello che mi dicono: *pensare di agire in un certo modo non è mai come farlo davvero. È proprio questo che fa la differenza. Non limitiamoci a sognare: trasformiamo i pensieri in azione.*

Per quattro giorni l'oceano mi ha regalato onde lunghissime. Le ho cavalcate dall'alba al tramonto, uscendo dall'acqua solo per mangiare o bere qualcosa, per poi tornare in mezzo ai delfini. L'ultimo giorno mi sono venuti i crampi alle gambe: ero esausto. Anche l'implacabile sole dell'equatore ha preteso il suo tributo e, quando la mareggiata si è esaurita

– all'improvviso, com'era arrivata – ho concesso finalmente un po' di riposo al mio corpo. La mia anima ha fatto il pieno di vita. Domani farò ritorno nella grande città. Non ho ancora lasciato la mia spiaggia segreta, e già ne sento la mancanza! Mentre preparo l'attrezzatura, do un'occhiata al polso. Sono più di dieci anni che non porto l'orologio. È stata una di quelle decisioni semplici, ma cruciali, che si prendono nel corso dell'esistenza. Le persone importanti non possono fare a meno di questo strumento: hanno l'esigenza di sapere che ore sono. Chi è ancora vivo, invece, ha solo bisogno del proprio tempo. Un surfista non decide quando uscire con la tavola: è l'oceano a dirgli quando è il momento. È un atteggiamento che costa poca fatica, ma che fa un'enorme differenza, se siamo disposti ad applicarlo a tutte le sfide e le avventure che il destino vorrà riservarci.

Ho deciso di fermarmi ancora un giorno in quest'angolo magico che ho scoperto. Non cadrà certo il mondo se arriverò nella grande città ventiquattr'ore dopo. Probabilmente, la mia assenza non verrà neppure notata.

Questa mattina, al mio risveglio, sono stato accolto da un cielo coperto e da una brezza fresca. Affondo i piedi nella sabbia ancora umida: so che presto le nuvole si diraderanno, e il sole apparirà in tutto il suo splendore. Il mio piccolo «rifugio» è a un centinaio di metri. L'oceano è calmo. Comincio a camminare a piedi nudi sulla spiaggia, e in qualche modo il mio spirito, il mio cuore e la mia anima diventano un tutt'uno, e volano verso un mondo parallelo creato da ciò che vedo, dai suoni che sento, dai profumi che mi arrivano alle narici.

I delfini giocano a pochi metri dalla costa. Lo giuro, ho scoperto un vero angolo di paradiso in mezzo al nulla dove questi dolci animali, liberi e selvaggi, si spingono fino a riva, mentre in cielo si librano moltissimi uccelli. È il mio cantuccio segreto. Così, ancora una volta, entro in acqua nudo, con spirito sereno, e tutti i pensieri estranei a quello che sto vivendo in questo istante si dissolvono: sono libero, come i miei amici animali, e faccio solo quello che devo: seguo il flusso della vita. In acqua, i delfini mi si radunano intorno: mi superano con un salto oppure mi passano sotto, la pancia all'insù. Mi osservano. E io mi sento uno di loro. Sono animali liberi, che possono andare e venire quando vogliono. Eppure, vengono da me: come potrei dimenticare questo momento?

Ho trascorso parecchi giorni e parecchie notti in questo posto magico. Mi sento in pace come non mi era mai successo prima. Perché? Ora lo so: per raggiungere la serenità che sto vivendo in questo istante della mia breve vita, mi sono dovuto lasciare alle spalle tutto quello che avevo visto e fatto in precedenza. Ho imparato dai miei errori, e anche gioito per i miei successi. Che c'è di male, in fondo? Mi rendo conto che ciascuno di noi ha a disposizione tanti mondi paralleli nell'arco della propria esistenza; si tratta solo di prendere una decisione apparentemente difficile, ma che in realtà non lo è affatto. Quando ci liberiamo della paura e delle opinioni altrui; quando realizziamo che il nostro passaggio su questo pianeta, con tutti i suoi alti e bassi, è comunque un'avventura piena di gioia; quando comprendiamo che la vita non ci deve nulla, e va intesa come un dono... allora, finalmente, ci accorgiamo di non essere soli. Mai. Perché abbiamo sempre noi stessi.

Il sole, una rossa palla di fuoco, galleggia appena sopra l'orizzonte. Non ricordo quanto tempo ho passato con i miei amici: i gabbiani, i granchi, i delfini e le tartarughe che mi hanno tenuto compagnia su questa spiaggia. Eppure, una voce dentro di me mi dice che questo sarà il mio ultimo tramonto in questo luogo incredibile, almeno per ora. Così, mi tuffo un'ultima volta nell'oceano, completamente nudo, come quando ho cominciato la magica avventura chiamata vita. Ad aspettarmi trovo i miei fratelli delfini. Giochiamo insieme per un po' e, attraverso il linguaggio universale della solitudine e del silenzio, ci fondiamo fino a diventare una cosa sola.

Il tempo non ha più alcuna importanza: non so nemmeno quante ore ho trascorso in acqua. Ma so che è giunto il momento di andare. È buffo, questa volta i miei fratelli delfini sono rimasti con me sino alla fine e, quando esco dall'acqua, mi fissano: lo stesso fanno i granchi, e la straordinaria varietà di uccelli che volteggiano sopra di me in un'eterna danza di libertà.

Mi avvio verso il piccolo camper che negli ultimi giorni è stato la mia casa, asciugandomi con un telo, poi mi rivesto. D'un tratto, nella parete di una magnifica scogliera appare quella porta che ormai conosco bene. Vado in quella direzione e, prima di afferrare la maniglia, lancio un'ultima occhiata a questo pezzetto di paradiso in Terra. Il cuore mi grida di non andare, ma so di avere ancora un paio di porte da aprire, fosse solo per vedere che cosa si nasconde dall'altra parte. Va tutto bene: provo un po' di tristezza, però so che la vera felicità si costruisce giorno per giorno, e che la vita è costellata anche di momenti infelici. Ho imparato ad accettarla così com'è, e ho smesso di lottare per renderla come la vorrei. Ho capito che non sono io a stabilire le regole: sono un semplice viaggiatore cui è stato concesso di vivere questa magnifica esperienza. Un velo di malinconia mi accompagna, è vero, ma questa nuova accettazione ha reso tutto diverso.

Tanto tempo fa, Confucio disse: «La mia casa è molto piccola, ma le sue finestre si aprono su un mondo immenso e meraviglioso». *Ora so che cosa intendeva dire.*

Sono passati tanti anni da quando ho letto queste parole. Oggi, tuttavia, posso affermare di averle sperimentate in un milione di viaggi. Il mio piccolo camper è il mio rifugio, ma la mia vera casa è dentro di me. Il mondo è il mio parcogiochi.

So che tornerò. In questo posto così bello? Non ne sono sicuro.

Di una cosa sono certo: rivivrò questo sogno; forse qui, forse a mille chilometri di distanza. Ora non m'importa. Finché vivrò la vita a me destinata, che differenza farà avere cinque anni oppure cinquanta? Nessuna, perché il tempo è irrilevante. È il mio atteggiamento nei confronti della vita a tenermi giovane. Sempre.

E adesso?

Ecco una domanda che non ha alcun significato, per me.

Non vedo l'ora di vivere i miei prossimi cinquant'anni... se Dio ha deciso così. Viaggio sempre leggero, poiché le lezioni e i ricordi importanti di cui ho bisogno sono ben custoditi nel «disco rigido» della mia mente, e so che dove si trova la mia anima, quello è il mio posto. Tutto ciò che desidero è godermi ogni singolo istante del viaggio...

Fatelo anche voi. Parola mia, non ve ne pentirete!

Il vostro sognatore

Collana «Parole»

A. Cerasoli, *La sorpresa dei numeri*
S. Bambarén, *Il sole e la cometa*
S. Bambarén, *Blu*
D. Grespan, *Suerte*
R. Galapo, *La promessa dei venti*
S. Bambarén, *Notte di luce*
S. Bambarén, *La rosa di Gerico*
S. Bambarén, *Il delfino* (ed. Deluxe)
A. Farkas, *Pranzo di famiglia*
G. Zevin, *Benvenuti ad Altrove*
S. Bambarén, *Fratello mare*
A. Cerasoli, *Mr Quadrato*
J. Grogan, *Io & Marley*
M. Ricard, *La Cittadella delle nevi*
F. van Beek, *La porta chiusa*
N. Bortolotti, *Il filo di Cloe*
S. Bambarén, *La musica del silenzio*
F. Ramon-Cortés, *Diario di bordo*
J. Grogan, *Marley - Un cane unico al mondo*
S. Bambarén, *Il delfino e le onde della vita*
V. Myron con B. Witter, *Io e Dewey*
J. Grogan, *Buon Natale, Marley!*
U. Doyle (a cura di), *Ti amo*
J. Grogan, *Io & Marley* (Edizione speciale illustrata)
S. Foster, *A spasso con Ollie*
L. Gounelle, *L'uomo che voleva essere felice*
S. Bambarén, *Il fiume di cristallo*
D. Sheff, *Beautiful Boy*
AA. VV., *Il diario segreto di Patty*
M. Rothschild, *A bocca aperta*
J. Grogan, *Marley, un cane pasticcione*
P.H. Hughes con P.J. Hughes e B. Stamford, *Vivi ogni giorno come se fosse l'ultimo di una bella vacanza*
G. Cooper, *Omero gatto nero*
A. e S. Parton con G. Paul, *Grazie, amico mio*
V. Myron con B. Witter, *Io e Dewey* (Edizione speciale per ragazzi)
S. Bambarén, *Lettera a mio figlio sulla felicità*
V. Myron con B. Witter, *Le nove vite di Dewey*
D. Koontz, *Io & Trixie*
S. Bambarén, *Il Delfino. Storia di un sognatore* (Edizione illustrata per bambini)
S. Bambarén, *Il Delfino. Storia di un sognatore. Gioca e colora*
B. Mooney, *Un piccolo grande amore*
M. Whyman, *Oink! Un amore tutto rosa*
S. Duno, *L'ultimo cane sulla collina*
F. Scheunemann, *Con quello sguardo un po' così*
J. Romp, *Cercasi Ben disperatamente*
D. Nasher, *La terra dei peschi selvatici*
S. Bambarén, *I sogni dei bambini*

Finito di stampare nell'ottobre 2011
presso la Mondadori Printing S.p.A.
Stabilimento N.S.M. di Cles (TN)
Printed in Italy